LES

SAISONS.

L'Automne.

LES SAISONS.

TOME QUATRIÈME

L'automne.

STRASBOURG, de l'impr. de F. G. LEVRAULT.

LES SAISONS.

L'Automne.

PARIS,

Chez LEVRAULT, rue de la Harpe, n.º 81,

et rue des Juifs, n.º 33, à STRASBOURG.

1836.

LES SAISONS.

L'AUTOMNE.

Le Moulin à Vent.

Henri fut réveillé un matin par un bruit inaccoutumé : il appela sa bonne, pour lui demander d'où il provenait. Anna, qui n'aimait pas à être réveillée avant qu'il ne fût l'heure de se lever, lui dit de se rendormir; que le bruit qu'il entendait, était celui que faisaient les batteurs de blé. Henri chercha vainement à comprendre comment les batteurs de blé pouvaient faire tant de bruit. Il finit cependant par se rendormir, et dès qu'il se réveilla de nouveau, il s'écria : « maintenant, ma bonne, que vous êtes levée, dites-moi, je vous en prie, d'où vient le bruit que nous avons entendu cette nuit ? »

— « Il ne faisait plus nuit, répondit Anna, puisque le soleil était levé; mais les batteurs de blé commencent leur journée de très-bonne heure. »

— « Et que font-ils pour faire tant de bruit? » demanda de nouveau Henri.

— « Vous allez le savoir, dit Anna, venez avec moi. »

Elle conduisit Henri à la grange, où ce dernier fut très-étonné de voir quatre hommes armés de fléaux, occupés à battre du froment qui était étendu à terre.

— « Je suis bien-aise, s'écria Henri, que le froment n'ait pas la faculté de sentir, autrement il souffrirait beaucoup d'être ainsi frappé ; est-ce pour s'amuser qu'ils le battent ? »

— « Non, répondit Anna, les ouvriers ne travaillent jamais pour s'amuser, et vos parens leur donnent des gages, pour battre le froment. »

— « Des gages, répéta Henri, qu'est-ce que cela ? »

— « On appelle gages ou salaire,

l'argent qu'on donne aux ouvriers pour l'ouvrage qu'ils font. »

— « Les ouvriers travaillent toujours pour gagner de l'argent, pourquoi leur en faut-il tant ? » demanda Henri.

— « Parce qu'ils n'ont que celui qu'ils gagnent de cette manière, répondit Anna, et s'ils ne travaillaient pas, ils n'auraient pas d'argent pour acheter de quoi se nourrir et se vêtir, eux et leurs enfans. Ces hommes que vous voyez, battent le froment pour faire sortir le grain des épis. »

— « Maman m'a dit, que les moissonneurs avaient bien soin de ne pas secouer le froment, dans la crainte de faire tomber le grain. »

—« Oui, reprit Anna, pendant que le froment était sur pied ou en gerbes dans les champs, parce qu'alors il aurait été perdu; mais ici, voyez; comme le pavé est uni, il ne peut pas se perdre. »

—« Pourquoi les bâtons, dont se servent ces ouvriers, sont-ils fendus en deux? » demanda Henri.

—« Ce ne sont pas des bâtons, répondit Anna, mais des fléaux, c'est-à-dire deux bâtons inégaux, unis par des courroies et faits exprès pour battre le grain. »

Bientôt neuf heures sonnèrent, les ouvriers cessèrent de travailler et Henri alla avec sa bonne à la vacherie chercher du lait.

— « Comment les grains que je viens de voir, deviennent-ils du pain ? » demanda Henri.

— « On les porte d'abord au moulin pour les faire moudre, répondit Anna, et dès qu'ils sont en farine, chez le boulanger ; c'est ce dernier qui pétrit le pain. »

Henri ne manqua pas de demander à sa mère de le mener voir le moulin qui moulait le grain, et il la pria de lui dire à quoi cette machine ressemblait.

— « Tu en connais la forme, répondit Mme Dumont, c'est le moulin qui est sur la colline voisine. »

— « Quoi, ce moulin qui a de grandes ailes qui tournent ? »

— «Oui, mon enfant, et on le nomme moulin à vent, parce que c'est le vent qui le fait tourner. »

— « Ne pourrions-nous pas entrer dans le moulin, pour voir comment il moud le grain? » demanda Henri.

— «Oui, répondit sa mère, et ils partirent pour le moulin, qui était situé à un quart de lieue de Bellevue. »

Henri n'avait jamais été si près d'un moulin, et les ailes lui parurent très-grandes ; comme elles tournaient très-vite, il eut peur et demanda à sa mère, si les ailes leur feraient mal, s'ils en approchaient de trop près.

— « Certainement, répondit-elle ; si nous les touchions, nous serions enlevés et problablement brisés en mille pièces ; mais remarque, Henri, les ailes, en tournant, reviennent toujours exactement à la même place. »

Henri les examina très-attentivement pendant quelque temps, puis il dit : « oui, elles reviennent toujours à côté de ce petit buisson. »

— « Eh bien, reprit sa mère, en ne nous approchant pas du buisson nous serons en sûreté. »

— « Mais ne se dérangeront-elles pas, maman ? »

— « Non, mon enfant, regarde bien les ailes, tu verras qu'elles sont toutes de la même longueur et qu'elles sont attachées ensemble par le milieu. »

—« Oui, répondit Henri, elles tournent sur quelque chose qui ressemble à l'essieu d'une voiture, la seule différence est que celui-ci est beaucoup plus grand. »

—« Tu vois aussi, reprit sa mère, que les ailes sont garnies en toile, le vent glisse sur cette toile oblique, et pousse les ailes dans le sens opposé. Maintenant que nous avons examiné l'extérieur du moulin, entrons dans l'intérieur; voici la porte, elle est sur le côté, et nous ne passerons pas devant ces grandes ailes qui te font peur. »

L'intérieur du moulin parut tout-à-fait extraordinaire à Henri : d'abord il vit plusieurs personnes qui emportaient des sacs de farine sur leur dos, puis il en vit d'autres qui versaient une grande quantité de grains de froment dans un trou, où ces grains disparaissaient de suite. Mme Dumont fit signe à son fils de regarder deux grandes pierres rondes et plates. Elles étaient placées horizontalement l'une sur l'autre et tournaient constamment.

— « Elles tournent de la même manière que le font les ailes du moulin, dit Henri, est-ce que l'essieu qui passe au milieu d'elles est grand ? »

— « L'essieu tourne avec elles, reprit Mme Dumont, et ce sont les ailes placées en dehors du moulin qui le font tourner. Ce sont ces deux pierres qui écrasent le grain. Pour séparer la farine d'avec le son, le grain ainsi broyé tombe dans une espèce de tamis incliné, que l'on appelle blutoir, et dans lequel il est agité violemment par ce marteau, qui fait *tic, tac, tic, tac*, en frappant très-fort dessus. La farine tombe au travers du blutoir dans un grand coffre, appelé une huche, tandis que la pelure du grain, que l'on appelle son, étant beaucoup plus grosse, ne peut passer au travers des petits trous du blutoir et va tomber à l'autre extrémité dans un grand sac placé pour la recevoir. »

Bientôt le bruit d'une petite cloche ou grosse sonnette se fit entendre.

— « Maman, s'écria Henri, pourquoi cette sonnette sonne-t-elle si fort ? »

— « Mon fils, répondit M.ᵐᵉ Dumont, c'est pour avertir le meunier qu'il n'y a plus de grain dans le grand entonnoir que l'on appelle la trémie. »

— « Maman, comment la sonnette peut-elle le savoir ? »

— « Elle ne le sait pas, mon enfant ; mais lorsqu'il y avait du grain dans la trémie, son poids faisait tenir en l'air le morceau de bois qui agite maintenant la sonnette, en touchant d'un côté contre la meule qui l'accroche en tournant. »

Pendant cette conversation le meunier venait de vider un sac de grain dans l'engrainoir, et Henri avait pu voir le morceau de bois quitter la sonnette, en faisant la bascule et remonter de lui-même par l'effet de la pesanteur du grain que l'on avait jeté sur l'extrémité de l'autre bout placé dans la trémie : la sonnette alors cessa de sonner.

— « Maintenant que tu as vu l'intérieur et l'extérieur d'un moulin, dit M.ᵐᵉ Dumont à son fils, nous allons retourner à Belle-vue. »

Pendant le chemin Henri dit à sa mère qu'il aimerait assez être meunier, seulement, qu'il aurait peur que les ailes du moulin ne l'enlevassent un jour où il s'en approcherait de trop près.

— « Ne pourrait-on pas faire tourner les pierres sans le secours des ailes, par des hommes? » demanda Henri.

— « Non, répondit sa mère, un ou deux hommes ne seraient pas assez forts, il en faudrait plusieurs et le meunier n'aurait pas assez d'argent pour payer tant de monde. »

— « Et il ne paie pas le vent, dit Henri en riant, le vent n'a pas besoin d'argent, il n'a rien à acheter;

mais les chevaux ne pourraient-ils pas faire tourner les pierres? ils sont plus forts que des hommes et on ne leur donne point de gages. »

— « Mais il faut les nourrir, et la paille, le foin et l'avoine coûtent de l'argent. »

— « Cela est vrai, dit Henri, les chevaux mangent, et l'on n'a pas la peine de nourrir le vent, et puis il peut travailler nuit et jour; il ne dort pas, comme le font les animaux. Oh! que le vent est adroit! »

— « C'est celui qui l'a fait, dit Mme Dumont, qu'il faut remercier d'avoir été assez bon, pour nous donner une chose aussi utile et qui nous épargne tant de peines et de fatigues. »

2.

Le Bateau à Vapeur.

M.me Dumont dit un jour à son fils qu'ils allaient passer quelques jours à Saint-Cloud, chez son oncle George, et qu'ils feraient une partie de la route dans le bateau à vapeur.

— « Je me rappelle très-bien, dit Henri, d'avoir vu un bateau à vapeur, l'été dernier; il était presque aussi grand qu'une maison. »

Peu après il monta en voiture avec son père et sa mère, et ils en descendirent à Sèvres pour attendre le bateau à vapeur. Ce dernier n'était pas encore arrivé; mais M.

Dumont ne tarda pas à l'apercevoir.

— « Où donc est-il ? demanda Henri ; je vois dans le lointain un bateau, mais il est trop petit pour que ce puisse être le bateau à vapeur. »

— « Il paraît petit, reprit Mme Dumont, parce qu'il est encore à une grande distance de nous. »

Peu à peu le bateau s'approcha de Sèvres, et Henri s'écria : « maintenant je le vois très-distinctement et je le reconnais à sa grande cheminée, d'où la fumée s'échappe en gros tourbillons noirs. Voyez maman, comme elle s'élève, elle montera sans doute encore un peu, puis elle formera des nuages. »

2..

—« Est-ce que tu as oublié de quoi sont formés les nuages? » lui demanda sa mère.

—« Oui, maman, je l'avais tout-à-fait oublié; mais je me rappelle maintenant qu'ils sont produits par l'eau ou la vapeur. »

Un batelier proposa à M. Dumont d'entrer dans sa nacelle et de le conduire, lui et sa famille, jusqu'au bateau à vapeur. M. Dumont y consentit. Dès qu'ils y furent, Henri remarqua que le batelier se servait de deux rames, et que chaque fois qu'il les plongeait dans l'eau, il paraissait les pousser contre l'eau, ce qui faisait avancer le bateau, et que chaque fois que le batelier cessait d'agiter les rames pour tourner la tête et regarder s'ils approchaient du bateau à vapeur, la nacelle restait à la même place. Dès qu'elle eut rejoint le bateau à vapeur et que Henri y fut monté, il s'écria : « oh papa, que c'est drôle, voyez comme les arbres et les maisons passent avec vîtesse devant nos yeux! »

— « Et que fait le bateau ? » lui demanda son père.

— « Il reste tranquille, » répondit Henri. »

— « Regarde, lui dit son père, combien ces roues qui sont sur le côté du bateau tournent vite; ce sont elles qui le font avancer. Ces machines que tu vois attachées tout autour des roues s'appellent des vannes; elles plongent dans l'eau et lui impriment le même mouvement que les rames dont se servait tout à l'heure le batelier qui nous a conduits. »

— « Mais une roue, s'écria Henri, ne ressemble pas du tout à une rame, qui n'est qu'un grand bâton aplati vers l'un des bouts, tandis qu'une roue est ronde. »

— « La roue est ronde, il est vrai, reprit M. Dumont, mais les vannes ressemblent à plusieurs rames courtes et larges qui seraient attachées ensemble. »

— « Je le vois très-bien, dit Henri,

et y en a-t-il autant de l'autre côté du bateau? »

— « Oui, mon fils, » répondit M. Dumont. »

— « Comme nous allons vite, » s'écria tout à coup Henri, en regardant l'eau.

— « Tout à l'heure tu disais que le bateau ne bougeait pas, » lui fit observer son père.

— « Est-ce que les roues tournaient alors aussi vite qu'elles le font maintenant? » demanda Henri.

— « Oui, mon enfant, » répondit son père.

Henri eut l'air très-embarrassé. Ses yeux se portèrent alternativement de la Seine au rivage et du rivage à la Seine. Il crut voir en-core une fois les maisons et les ar-bres remuer; puis il regarda l'eau et il lui sembla que le bateau glis-sait rapidement.

— « Henri, pourquoi tournes-tu ainsi la tête? » lui demanda Mme Dumont.

— « Je cherche à decouvrir, ré-pondit-il, si c'est le bateau, ou les maisons et les arbres qui passent. »

Mme Dumont lui expliqua que c'était le bateau à vapeur, qui al-lait très-vite, « beaucoup plus vite, ajouta-t-elle, qu'une voiture; mais lorsque les roues de cette dernière roulent sur un terrain inégal, la voiture est cahotée et tu sens mieux le mouvement qui lui est imprimé que dans un bateau à vapeur, qui ne fait que glisser pour ainsi dire sur la surface des eaux. Réfléchis un peu, ajouta-t-elle, et tu auras bientôt la conviction que les maisons et les arbres restent fixés à la même place; tu sais que les plantes n'ont pas la faculté de se mouvoir, non plus que les maisons. Puis Mme Dumont lui dit d'aller jouer avec les autres enfans qui se trouvaient à bord du bateau, parce que, s'il faisait trop de questions à la fois, il ne pourrait pas se souvenir des réponses.

Quand Henri eut joué pendant à peu près une demi-heure, il revint tout hors d'haleine s'asseoir près de sa mère.

— « Papa m'a dit, s'écria-t-il, que c'étaient les roues, qui faisaient aller le bateau à vapeur ; mais comment les roues peuvent-elles tourner d'elles-mêmes, car elles ne sont pas vivantes, et il n'y a pas ici de chevaux pour les faire rouler. »

— « C'est la vapeur qui les fait tourner, répondit Mme Dumont, et c'est pour cette raison que le bateau est appelé bateau à vapeur. »

— « Est-ce que c'est de la vapeur semblable à celle qui sort d'une cafetière lorsqu'elle bout ? » demanda Henri.

—« Oui, répondit sa mère, seulement il y en a une plus grande quantité. »

Au même instant on entendit une cloche sonner, le bateau s'arrêta pour prendre plusieurs passagers; l'on ouvrit la soupape et la vapeur s'échappa; Henri la vit sortir par le haut du tuyau.

—« Maman, s'écria-t-il, quelle quantité il en sort! »

Dès que les passagers furent montés, le bateau vogua de nouveau.

—« Pourquoi la vapeur ne sort-elle plus? » demanda Henri.

—« Lorsque nous nous arrêtâmes tout-à-l'heure pour faire monter des voyageurs, dit Mme Dumont,

les roues s'arrêtèrent, et pour empêcher que la vapeur ne les fît tourner, l'on ouvrit une soupape qui
est placée dans ce tuyau étroit, d'où
tu as vu sortir la vapeur. Maintenant
qu'on vient de la refermer, la vapeur
agit de nouveau sur les roues. »

—« Mais maman, s'écria Henri,
il faut une bien grande cafetière,
pour qu'elle puisse tenir constamment assez d'eau bouillante pour
produire une quantité suffisante de
vapeur pour faire mouvoir un bateau. »

—« Va prier ton père, de te la
faire voir, » dit Mme Dumont.

Henri y alla bien vite. M. Dumont le fit descendre quelques mar-

ches et le conduisit près d'un immense chaudron qui était plein d'eau bouillante.

— « Cette machine dans laquelle est l'eau, dit Henri, ne ressemble pas du tout à une cafetière. »

— « Il faut, répondit M. Dumont, une plus grande quantité d'eau et de vapeur pour faire mouvoir les roues, que n'en pourrait contenir une cafetière. »

Henri demanda à quoi servait une machine longue, forte et mince qui allait en avant et en arrière.

— « La vapeur, lui répondit son père, en s'échappant de la chaudière, agit sur cette machine, qu'on nomme un balancier, et c'est elle

3.

qui imprime ensuite le mouvement aux roues. »

— « Mais où est la vapeur? » demanda Henri.

— « Dans ce cylindre en cuivre, » répondit M. Dumont.

— « Et comment le balancier fait-il tourner les roues, papa? »

— « Tu es encore trop jeune pour le comprendre, mon enfant, ainsi remontons sur le pont. »

Henri se hâta de raconter à sa mère tout ce qu'il avait vu.

Pendant ce temps le bateau s'avançait rapidement près de Saint-Cloud, et bientôt Henri aperçut son oncle George, qui se promenait sur une pelouse qui conduisait de sa maison au bord de la Seine.

Dès que l'oncle George, qui guettait avec une longue vue l'arrivée du bateau, se fut assuré que M. Dumont s'y trouvait avec sa famille, il sauta dans une petite barque et il alla au-devant d'eux, et peu d'instans après Henri se jeta du bateau à vapeur dans les bras de son oncle.

———

Le Rouge-gorge.

Pendant que Henri se promenait un jour avec sa mère, il entendit un léger bruit parmi les feuilles d'un peuplier, et bientôt après il vit, étendu par terre un petit oiseau qui ne pouvait ni voler, ni sautiller, parce qu'une de ses pattes était cassée.

— « Pauvre petit, dit Henri, en le ramassant, qu'il doit souffrir; emportons-le à la maison, maman, nous le soignerons et il se guérira. »

Mme Dumont y consentit, et dès qu'ils furent rentrés, elle demanda une cage et elle en garnit le fond avec de la laine, pour que l'oiseau y fût mollement couché; elle prit ensuite une petite bande de toile très-fine et lui banda la patte.

— « Maman, dit Henri, tâchez de mettre exactement les deux joints, l'un contre l'autre, sans quoi le calus ne se formerait pas bien. Vous rappelez-vous que papa nous a dit cela, quand Pierre a eu la jambe cassée. »

— « Je ne puis pas les remettre aussi bien que le ferait un chirurgien, répondit Mme Dumont, j'espère cependant qu'ils seront bien. »

Aussitôt que l'opération fut terminée, on coucha l'oiseau dans la cage qu'on lui avait préparée; dès qu'il y fut, une petite peau fine vint lui couvrir les yeux et il s'endormit.

Henri ne fit pas du tout de bruit, dans la crainte de le déranger; mais il alla tout doucement le porter dans la chambre d'Anna, et après avoir mis dans le fond de la cage de la mie de pain et une petite tasse pleine d'eau, il le laissa sous la garde de sa bonne, et il retourna près de sa mère, parce qu'elle lui avait dit que le meilleur moyen de guérir l'oiseau, était de le laisser reposer.

De temps en temps Henri allait sur la pointe des pieds dans la chambre d'Anna; mais l'oiseau était couché et ne s'éveillait pas; cependant lorsqu'au bout de deux heures Henri y retourna pour la cinquième ou la sixième fois, l'oiseau se tenait debout sur la patte qui n'était pas cassée, et il mangeait le pain que lui avait donné Henri. Celui-ci était tout joyeux, il croyait que l'oiseau était déjà guéri; mais Anna lui dit, que le calus serait plusieurs jours à se former et qu'il fallait laisser beaucoup de repos à l'oiseau pendant ce temps.

— « Ma bonne, s'écria tout à coup Henri, voyez quel joli petit col rouge il a! »

— « On nomme cette espèce d'oiseaux rouge-gorges, répondit Anna,

à raison de la couleur de ces plu-
mes; ils sont très-doux, s'appri-
voisent facilement et ils aiment
beaucoup leurs petits; je suis sûre
que la mère de celui-ci n'est pas
loin et qu'elle gémit de sa perte. »

Le lendemain on mit la cage du
petit oiseau sur le balcon : dès qu'il
eut senti l'air, il se mit à crier *cui,
cui.* « Je crois, dit Henri, que maintenant qu'il voit les arbres, il demande à s'envoler. »

— « Peut-être, dit Anna, qu'il appelle sa mère. »

— « Pauvre petit, dit Henri, combien je te plains d'être séparé d'elle. »

Henri s'assit près de la fenêtre et
se mit à examiner les gravures qui

étaient dans un livre qui lui avait
été donné la veille ; Anna travaillait ;
ils ne faisaient pas le moindre bruit,
et l'on n'en entendait pas d'autre
que celui que faisait le rouge-gorge.

Tout à coup un autre rouge-gorge
vola sur le balcon et alla becque-
ter les barreaux de la cage. Henri
allait se lever ; mais sa bonne le
retint par le bras, et lui dit à voix
basse : « ne bougez pas, vous effraye-
riez cet oiseau, qui, je le pense
bien, est la mère du petit. »

— « Écoutez comme le petit crie
pour aller avec sa mère, il essaie de
passer à travers les barreaux de la
cage, dit Henri, ouvrons - lui la
porte. »

— « Non, répondit Anna, il ne pourra voler que lorsque sa patte sera guérie. »

Henri dérangea la chaise sur laquelle il était assis, et le bruit qu'il fit, effraya l'oiseau, qui s'envola aussitôt.

— « Pauvre petit rouge-gorge, dit Henri, en passant les doigts dans la cage pour le caresser, qu'il doit avoir de chagrin de ce que sa mère soit partie, je suis sûr que maman ne m'abandonnerait jamais, lors même qu'elle aurait des ailes pour s'envoler, et certainement elle ne me quitterait pas si j'avais la jambe cassée. »

— « Je crois, reprit Anna, que

maintenant que la mère sait où est son petit, elle reviendra le voir. »

Henri courut raconter à sa mère tout ce qui s'était passé, et il lui demanda si elle pensait aussi que la mère revînt?

—« Oui, répondit M.me Dumont. » Le lendemain, dans la matinée, elle alla s'asseoir avec Henri près de la fenêtre sur laquelle était la cage de l'oiseau, la mère ne tarda pas à voler tout autour pour s'assurer qu'elle ne courait aucun danger, et n'entendant pas de bruit, elle alla se percher sur la cage, passa le bec à travers les barreaux et mit dans celui de son petit la nourriture qu'elle lui avait apportée.

Plusieurs jours se passèrent pendant lesquels le rouge-gorge ne manqua pas une seule fois de venir trois ou quatre fois par jour donner à manger au petit prisonnier.

Au bout de ce temps Mme Dumont défit la bande qui enveloppait la jambe de l'oiseau, et elle et Henri virent avec plaisir qu'elle était entièrement guérie.

— « Il pourra maintenant voler, dit Mme Dumont; la première fois que sa mère viendra, nous ouvrirons la porte de la cage au petit, n'est ce pas Henri? »

La physionomie de Henri s'obscurcit et il dit : « mais il s'envolera pour toujours et je ne le verrai plus. »

— « Je le crains, reprit Mme Dumont; il sera si heureux d'être libre et d'être près de ses parens, qu'il ne s'exposera pas à être de nouveau enfermé; il est si malheureux dans une cage. »

— « Mais vous et moi, maman, avons été si bons pour lui, qu'il devrait nous aimer un peu. »

— « Un oiseau n'est pas un animal assez raisonnable pour comprendre que nous ne le tenions enfermé que pour lui faire du bien; il n'a senti que le chagrin de son emprisonnement et la douleur d'avoir la patte bandée. Cependant il t'aime, parce que tu l'as nourri, et il n'a plus peur de toi, puisqu'il mange dans ta main. »

4.

— « Eh bien, maman, puisqu'il m'aime, nous pouvons le garder encore un peu, » dit Henri.

— « Il aime encore mieux sa mère et sa liberté, répondit-elle, et ne serait-il pas cruel de le priver de l'une et de l'autre, maintenant qu'il est en état d'en profiter? »

— « Oui, » reprit Henri; mais il ne pouvait supporter la pensée de ne plus voir l'oiseau et il se mit à pleurer.

— « Henri, dit Mme Dumont, il faut du courage pour remplir ses devoirs; voyons si tu sauras en avoir. Si tu crois que cela en est un de rendre cet oiseau à la liberté, il faut le faire sans répandre de larmes. Pense au bonheur qu'il éprouvera de revoir ses parens après en avoir été séparé pendant si longtemps. Souviens-toi que cette bonne action plaira à Dieu. »

Henri comprit toute la force des raisons que venait de lui donner sa mère, et il consentit à se séparer de l'oiseau.

Le lendemain, quand le rouge-gorge vint pour donne à manger à son petit, Henri sentit son courage l'abandonner; mais il se dit, je veux avoir de l'empire sur moi et faire mon devoir, quoi qu'il puisse m'en coûter; aussitôt il se dirigea vers la cage, en ouvrit la porte: la mère fut effrayée et elle s'envola.

4..

— « Arrête, arrête, cria Henri, ton petit va te suivre; » mais l'oiseau, qui ne comprenait pas ce que lui disait Henri, continuait de s'envoler. Pendant ce temps le jeune rouge-gorge, qui avait essayé la force de ses ailes en voltigeant dans sa cage, les étendit et fut dans les airs en un instant.

— « Par là, par là, » lui cria Henri, en lui montrant de la main la direction qu'avait suivie sa mère.

— « O maman! s'écria Henri, il a volé du mauvais côté, il ne trouvera pas sa mère. »

— « Mais elle, elle saura bien retrouver son petit, » dit Mme Dumont, n prenan t Henri dans ses bras et en l'embrassant.

En effet, au bout de quelques mi-
nutes Henri entendit le jeune rouge-
gorge appeler sa mère, et bientôt
après il vit cette dernière rejoindre
son petit, et tous les deux s'éta-
blirent sur un arbre qui n'était pas
éloigné de la maison.

—« Le petit rouge-gorge est donc
heureux maintenant, » dit Henri.

—« Oui, répondit Mme Dumont,
pense au bonheur qu'il éprouve, et
tu ne seras plus fâché de lui avoir
donné sa liberté. »

La Migration des Oiseaux.

Les beaux jours d'été étaient passés, le mois de Septembre était arrivé. Le ciel était parfois gris et brumeux dans la longue allée des tilleuls, les feuilles jaunies et desséchées se détachaient l'une après l'autre du rameau et tombaient sur le sentier. A la place de ce ciel si pur et si bleu de l'été, à la place de ces belles teintes de lumière qui inondaient la prairie, on n'apercevait plus qu'une atmosphère épaisse, chargée de brouillard, et une vallée humide. Les petits oiseaux se posaient avec tristesse sur la branche d'arbre presque nue; leur regard pensif semblait chercher encore le vert feuillage où ils avaient fait leur nid, et les prés parsemés de fleurs où ils voltigeaient le matin en chantant. Déjà on voyait les moineaux se réunir en troupes nombreuses comme pour se porter secours au milieu des prochaines atteintes au froid. Le corbeau étendait ses ailes noires au pied du saule des rivières, et le rouge-gorge, perché sur un pommier, poussait un petit cri plaintif, comme pour annoncer la détresse qui l'attendait.

Un jour Henri aperçut, le long de la prairie, de grands oiseaux blancs qui se dressaient sur de hautes pattes toutes rouges et qui, à son approche, s'élevèrent dans les airs et allèrent s'abattre plus loin.

— « Oh maman ! dit-il, viens donc voir, comment appelle-t-on ces grands oiseaux ? »

— « Ce sont des cigognes, mon enfant, » répondit-elle.

— « Mais jamais je n'ai rien rencontré de semblable dans le verger, ou dans les bois. »

— « Non, mon enfant, dit la mère ; ces oiseaux ne vivent pas ici, mais ils s'en vont chaque année sous deux climats opposés. Au printemps, ils arrivent dans les contrées du nord, et quand le froid approche, ils retournent dans les pays méridionaux. Chaque année à la même époque, ·tu peux les voir ainsi aller et revenir. La nature leur indique le changement des saisons et le temps du voyage. Un jour ils s'assemblent au même lieu; les premiers venus attendent les autres, puis quand l'heure du départ est arrivée, toute la troupe voyageuse se lève, bat des ailes et s'enfuit en colonne serrée. C'est une chose merveilleuse que de voir avec quel ordre et quelle intelligence ils entreprennent ce long voyage. Ils forment une colonne triangulaire, parce que de la sorte ils fendent plus facilement l'air. Les plus forts se placent sur les flancs; les plus jeunes au milieu. Mais comme celui qui est en tête se fatigue plus que les autres, il n'y reste qu'un certain temps. Après avoir conduit à quelque distance la cohorte, il retourne à la queue, et un autre le remplace. Quand ils s'arrêtent quelque part, ils sont toujours organisés comme des corps d'armée, deux ou trois entre eux sont placés en sentinelle, afin de jeter au besoin le cri d'alarme. Ainsi ils passent, ils arrivent, ils vont revoir les lieux qu'ils ont aimés, les rivages où ils ont vécu. Ils rentrent comme des émigrés sur la terre où ils sont nés, dans les bois d'où les rigueurs de la saison les avaient chassés. C'est un tableau admirable que celui de ces migrations et qui nous offre bien de quoi songer à la bonté de Dieu; car qui donc aurait donné tant d'intelligence à ces oiseaux, qui donc les guiderait ainsi à travers les forêts, les fleuves, les déserts, si ce n'est Dieu? C'est Dieu qui leur a appris à se bâtir un nid, et c'est Dieu qui, chaque année, les ramène à leur sol natal, comme il ramène l'étranger à sa patrie, et l'enfant qui s'égare à sa mère. Vois-tu, cher Henri, il ne faut pas tourmenter ces pauvres cigognes, quand elles passent ainsi; si nous nous trouvions dans un pays inconnu, loin de nos amis, combien ne serions-nous pas heureux de revenir ici, au milieu de tout ce que nous aimons. Eh bien! il en est de même de ces pauvres oiseaux? »

— « Oh! oui, maman, tu as raison, dit Henri, je ne veux jamais leur jeter de pierres et jamais les effrayer. »

Au même instant les cigognes, qui s'étaient posées à l'autre bout de la prairie, prirent leur vol, et s'éloignèrent; Henri les regardait, et leur criait : bon voyage! bon voyage!

Les Vendanges.

Vers la fin du mois de Septembre, l'oncle de Mme Dumont l'engagea à venir avec son fils pour assister aux vendanges qui devaient avoir lieu à Surenne. Henri se faisait une fête de ce petit voyage, sans cependant en connaître le but : aussi demanda-t-il à sa mère ce que voulait dire, faire les vendanges.

— « C'est ainsi que l'on désigne, répondit Mme Dumont, l'action de couper le raisin lorsqu'il est mûr, pour en faire du vin. »

— « Mais, maman, dit Henri, le raisin n'est pas du vin ; car nous

mangeons le raisin et nous ne pourrions pas le boire. »

— « Aussi, mon enfant, reprit
Mme Dumont, fait-on subir au raisin plusieurs opérations pour en
extraire le jus et pour le séparer des
pepins, de la peau et de la grappe;
car c'est avec le jus seulement que
l'on fait le vin. »

— « Oh maman, que je serai content de voir le travail que l'on est
obligé de faire à tous les grains de
raisin pour en ôter les pepins! L'on
prend sans doute une épingle pour
les enlever? »

— « Non, mon ami, répondit Mme
Dumont, on emploîrait beaucoup
trop de temps à extraire ainsi les

pépins du grain; on se sert d'un moyen bien plus prompt : lorsque le raisin est mûr, on le cueille dans des paniers, que l'on vide ensuite dans de grandes caisses assez plates, dans lesquelles les grappes de raisin sont foulées par des hommes; lorsque les grappes sont bien écrasées, elles forment une espèce de pâte liquide, que l'on verse dans un immense tonneau, que l'on appelle une cuve. On l'y laisse séjourner huit jours, pendant lesquels ce mélange des grappes, des pepins et de la peau fermente. »

— « Qu'est-ce que cela veut dire? maman, » demanda Henri.

— « C'est-à-dire, mon enfant, que

5..

toutes les parties du raisin s'échauf-
fent dans la cuve où elles sont en-
fermées, se séparent les unes des
autres, et alors ce jus acquiert un
goût tout différent de celui qu'il
avait précédemment, et la peau du
raisin lui donne la couleur rouge
que tu lui vois dans les bouteilles.
Après sa fermentation, on met le
vin dans des bariques, et pour qu'il
n'en reste pas parmi la peau, les
pepins et les grappes, on les met
sous un pressoir. »

— « Maman, quelle est cette machine? » demanda Henri.

— « C'est, répondit Mme Dumont,
une très-forte presse, que l'on fait
agir à force d'une grosse vis, qui est

mise en mouvement par plusieurs hommes. »

— « Ah, maman, s'écria Henri, que cela doit être amusant à voir! »

— « Ensuite, mon fils, dit Mme Dumont, ce qui reste dessous la presse, s'appelle du marc de vendange; ce n'est plus bon qu'à jeter aux poules, qui en mangent une partie.

« Quelque temps après que l'on a mis le vin dans les bariques, on le soutire encore, c'est-à-dire, que l'on vide tout doucement les tonneaux pour ne pas troubler le vin; car il se trouve alors dans le fond une couche de bouillie rouge que l'on appelle de la lie et qui n'est pas bonne à boire. »

— « Ah maman, dit Henri, que je serai content de voir faire les vendanges et le vin, vous me laisserez cueillir et manger du raisin, n'est-ce pas? »

— « Oui, mon enfant, répondit Mme Dumont, car je sais que tu seras assez raisonnable pour n'en pas manger de manière à te rendre malade. »

La Chute des Feuilles.

Mme Dumont avait l'habitude d'aller très-souvent s'asseoir sur un banc qui était ombragé par un marronnier, et pendant qu'elle s'occupait à lire, Henri jouait près d'elle.

Depuis quelques jours elle avait remarqué que le banc était couvert de feuilles flétries et jaunes qui tombaient de l'arbre.

— « Que ces feuilles sont ennuyeuses, dit Henri, ce matin Pierre les a toutes enlevées de dessus le banc, et maintenant le voilà encore couvert. »

— « Nous ne pouvons pas empêcher les feuilles de tomber dans l'automne, dit Mme Dumont; c'est pendant cette saison qu'elles se flétrissent, et la plus légère brise d'air les enlève de dessus les branches; mais il me semble, ajouta-t-elle, que si tu avais un petit balai, tu pourrais contribuer à retirer les feuilles du banc. Viens avec moi, nous chercherons si nous ne pourrions pas en avoir un. »

Ils allèrent trouver le jardinier, et Mme Dumont le pria de choisir un morceau de bois, ainsi que quelques branches de bouleau et d'en faire un petit balai pour son fils. Dès qu'il fut fait, Henri courut balayer le banc, sur lequel sa mère allait s'asseoir; il mit toutes les feuilles en un monceau.

— « Dans quoi vais-je emporter toutes ces feuilles? » demanda-t-il à sa mère.

— « Réfléchis, » lui répondit-elle.

Henri, après être resté un instant pensif, alla chercher une brouette, la remplit de feuilles, puis il la roula jusqu'à la lisière d'un petit bois, où il les jeta. Déjà il avait fait ce trajet deux fois, lorsqu'en remplissant sa brouette pour la troisième, il s'écria : « qu'est-ce qui vient de tomber? ce n'est pas une feuille, car elle m'a cogné la tête aussi fort, que si c'était une pierre. »

—« Il n'y a pas de pierres sur les arbres, dit Mme Dumont, il est probable que c'est un marron : cherche parmi les feuilles. »

Henri eut bientôt découvert parmi elles deux marrons qui étaient encore enveloppés d'une cosse piquante; mais cette cosse s'étant fendue en tombant, Henri aperçut le marron et il l'en retira.

—« Sont-ce là les fruits du marronnier? » demanda Henri.

—« Oui, lui répondit sa mère, te rappelles-tu d'avoir vu cet arbre se couvrir de feuilles, puis ensuite de fleurs? »

—« Oui, répondit Henri; mais il y a long-temps que les fleurs se

sont flétries et qu'elles sont tom-
bées. »

—« Tu n'as pas remarqué, lui dit
sa mère, qu'il restait un petit fruit
sur les branches, parce que l'arbre
était trop grand pour que tu puis-
ses les voir. »

Henri ramassa tous les marrons
qu'il put trouver, sa mère lui en
enfila une partie pour former un
collier et il emporta les autres dans
sa chambre pour lui servir de balles.

———

Le Cabinet de Minéraux.

Par une matinée sombre et pluvieuse du mois de Novembre, Mme Dumont conduisit son fils dans un cabinet, qu'elle nommait son cabinet de minéraux. « Regarde, Henri, lui dit-elle, tout ce que tu vois ici sont des minéraux; on les trouve enfouis dans la terre. Tu vois qu'ils ne sont pas aussi sales et laids que tu le pensais. »

— « Oh non, maman, répondit Henri, qu'est-ce que ce morceau qui brille tant ? »

— « C'est de l'argent, répondit Mme Dumont, on en fait des cuillers, des fourchettes, des plats, des soupières et autres choses encore, que tu aimes beaucoup. »

Henri chercha vainement ce que ce pouvait être, et il ne le devina que lorsque sa mère lui montra des pièces de cinquante centimes et d'un franc.

— « Et combien de pièces d'un franc ce morceau d'argent pourrait-il faire ? » demanda Henri.

— « Je ne le sais pas exactement, répondit sa mère, peut-être deux-cents. »

— « Et ce morceau qui est d'une couleur jaune, à quoi sert-il, maman ? »

— « C'est de l'or, mon enfant ; on

6.

en fait des chaînes, des montres, des bagues et des pièces de vingt francs, » lui dit-elle, en lui en montrant une.

— « Mais elle est de la même grandeur que la pièce d'un franc, » dit Henri.

— « Oui, répondit Mme Dumont; mais elle est en or, ce qui augmente vingt fois sa valeur. Je suppose que tu entrasses chez un marchand de joujoux pour acheter un cheval qui valût un franc; on te le donnerait en échange de ta pièce; mais combien crois-tu qu'on t'en donnerait pour vingt francs? »

— « Je ne le sais pas, dit Henri, deux ou trois peut-être? »

— « Plus que cela, reprit sa mère, tu en aurais vingt. »

— « Je ne saurais que faire de cette quantité de chevaux, » s'écria Henri.

— « Tu pourrais acheter autre chose que des chevaux, lui répondit sa mère. Je veux dire seulement qu'on te donnerait vingt fois la valeur d'un franc. Regarde maintenant ce morceau de cuivre, on en fait des casseroles, des sous, des cafetières. »

— « Je connais très-bien les sous, dit Henri, on ne peut rien acheter de joli avec un sou ou deux; mais puisque les casseroles sont faites en cuivre, je pourrai en couper quelques-unes en petits morceaux ronds, et cela me fera une grande quantité de sous. »

— « Cela ne suffira pas, reprit Mme Dumont, les sous, ainsi que toutes les autres monnaies en circulation, doivent être frappées d'une marque particulière et porter l'effigie du souverain du pays dans lequel elles ont été frappées. »

— « Et retire-t-on beaucoup d'autres choses encore du sein de la terre? » demanda Henri.

— « Oui, répondit sa mère, mais je ne t'en montrerai plus qu'une, qui est extrêmement utile; vois ce morceau de fer, c'est avec cela qu'on fait la plupart des outils, tels que les bêches, les râteaux, les faux et les faucilles. Maintenant je vais te dire le nom que l'on donne à tout ce que je viens de te montrer. »

—« Je le sais, maman, ce sont des minéraux, puisque tout ce qui se trouve dans le sein de la terre fait partie des minéraux. »

—« Oui, sans doute, reprit Mme Dumont; mais ne te rappelles-tu pas que je t'ai dit, il y a quelque temps, que les terres, les sables et les pierres étaient aussi des miné-raux? cependant ils ne ressemblent pas à ceux que je viens de te mon-trer : l'on donne à l'or, à l'argent, au cuivre et au fer le nom de métaux pour les distinguer de plusieurs autres minéraux qui ne font pas partie des métaux. »

— « Et y a-t-il d'autres métaux que ceux que vous venez de me montrer? » demanda Henri.

— « Oui, mon enfant, répondit sa mère, je te les ferai voir lorsque tu seras plus âgé, maintenant qu'il a cessé de pleuvoir et que le soleil vient de paraître, va faire un tour dans le jardin. »

— « Oui, maman, je vais aller dire à Pierre de me montrer ses outils en fer. »

Henri y alla en courant, et il se mit à appeler à haute voix: Pierre, Pierre; mais Pierre ne répondit pas,

Henri le chercha inutilement dans le parc, dans le jardin anglais, dans le potager. « Qu'est-il donc devenu? » se disait Henri; à la fin il lui vint à la pensée d'aller regarder s'il ne serait pas dans la serre.

Henri l'y trouva en effet, mais il était baigné de pleurs.

— « Qu'avez-vous donc? est-ce qu'on vous a grondé? » lui demanda Henri.

— « Non, répondit Pierre; mais je viens de recevoir une lettre de ma mère et elle me mande que mon père est malade au lit d'un rhumatisme, et qu'elle craint beaucoup qu'il ne le soit pendant tout l'hiver, parce qu'il n'a pas assez de couvertures à son lit et qu'elle manque d'argent pour en acheter. »

— « Pourquoi n'en demandez-vous pas à mon père ou à ma mère? » dit Henri.

— « Parce qu'ils viennent de m'habiller entièrement à neuf, répondit Pierre; cela a dû leur coûter beaucoup d'argent et je n'ose pas leur demander d'en dépenser encore. »

Henri réfléchit pendant quelques instans, puis il dit : combien coûte une couverture, est-ce plus de cent francs? »

— « Oh non, répondit Pierre, l'on aurait vingt couvertures pour cela. »

— « J'en suis bien aise, reprit Henri, prêtez-moi une petite bêche et surtout ne pleurez plus ; je vais aller chercher quelque chose avec lequel vous pourrez acheter une couverture. »

Henri alla bien vite dans son jardin et se mit à bêcher tant qu'il put, espérant à chaque instant qu'il allait découvrir un morceau d'argent ou d'or qui suffirait pour acheter une couverture au père de Pierre. Depuis une heure environ qu'il était à travailler, il était parvenu à creuser la terre à une assez grande profondeur et chaque fois que la bêche heurtait contre un corps dur, Henri examinait attentivement si c'était un morceau de métal semblable à ceux que sa mère venait de lui montrer; mais Henri ne trouvait que des pierres et pas la plus petite parcelle d'or ni d'argent, pas même de cuivre; « allons, se dit-il, mon jardin ne renferme pas de métaux. »

Mme Dumont, qui passait en ce moment, lui demanda ce qu'il faisait.

— « Oh maman, j'ai besoin d'un morceau d'argent et je creuse la terre pour tâcher d'en avoir un. »

— « Pourquoi faire, lui demanda-t-elle en souriant, je crois que tu trouveras l'argent dont tu as besoin plus facilement dans ma bourse que partout ailleurs. »

—« Mais, maman, vous m'avez dit que l'argent se trouvait dans la terre. »

—« Oui, mon enfant, mais ce n'est pas dans celle de ton jardin : l'on n'en trouve que dans de certains endroits bien loin d'ici. Dis-moi ce que tu veux en faire, et si ce n'est pas pour des choses inutiles, je t'en donnerai. »

—« C'est pour acheter une couverture à Pierre, dit Henri, il n'a pas osé vous en demander une. »

—« Je comprends, dit M.me Dumont, maintenant qu'il commence à faire froid Pierre a besoin d'une couverture de plus à son lit. »

—« Oh non, maman, Pierre ne

demande pas de couverture pour lui; mais il désire en avoir une pour son père qui est malade. Venez près de Pierre, il pleure tant que cela fait peine à voir. »

Mme Dumont se rendit avec son fils à la serre, et Pierre lui donna à lire la lettre dans laquelle sa mère lui apprenait la maladie du père Mante et le manque d'argent qui en était la suite.

Quand Mme Dumont eut parcouru la lettre, elle dit à Pierre: « Vous avez bien travaillé depuis que vous êtes à Belle-vue, ainsi vous irez passer quelques jours chez vos parens; vous partirez demain avec la voiture qui doit conduire le foin à

Paris. » Puis elle prit vingt francs dans sa bourse et elle les donna à Pierre. Voici, ajouta-t-elle, de quoi acheter une couverture à votre père. Pierre remercia Mme Dumont, et Henri était si heureux de ce qu'elle venait de donner à Pierre de quoi acheter une couverture à son père, qu'il lui sauta au cou et qu'il l'embrassa avec encore plus de tendresse que de coutume.

« Il commence à pleuvoir, dit Mme Dumont, dépêchons-nous de rentrer; car les arbres n'ont plus de feuilles pour nous garantir de la pluie, l'hiver va bientôt venir; il n'y a plus ni fruits, ni fleurs, ni feuilles. »

7.

— « Oui, s'écria Henri; mais dès que l'hiver sera venu, nous aurons de la neige pour faire des boules, et de la glace pour glisser dessus, je voudrais déjà être à l'hiver. »

Les Saisons.

« Mais, maman, dit un soir Henri, en se blotissant au coin de la cheminée, vois donc quel vilain temps d'automne! Ne vaudrait-il pas mieux que nous eussions toujours un beau soleil? »

— « Mon ami, répondit la mère, c'est un vœu que nous avons tous fait sans y réfléchir; mais quand on

y pense plus sérieusement, on re-
connaît que Dieu a tout disposé
dans ce monde avec une sagesse
infinie. Si nous avions toujours l'été,
toujours le ciel bleu, toujours les
prés chargés de fleurs, peut-être
nous nous en lasserions, ou du
moins nous n'en sentirions pas aussi
bien le prix. Les rigueurs de l'hiver
nous font mieux comprendre la
beauté du printemps. Chaque saison a ses attributs, et l'une sert au
développement de l'autre. Regarde,
voilà que le laboureur a jeté la se-
mence à travers les sillons; l'hiver
vient, et tandis qu'un épais man-
teau de neige couvre le sol, la terre
fermente au dedans, et développe

7..

le germe qu'on lui a confié. Les rayons du printemps le font éclore, le soleil le mûrit, et en été, tu vois les gens du village s'en aller gaîment avec leur faucille, couper les belles tiges de blé que ce germe a produites. La même variété existe dans la vie de l'homme. Nous ne pourrions pas toujours courir dans les champs, toujours nous réjouir de voir les mêmes tableaux. Ainsi, l'hiver on rentre chez soi, on assemble sa famille, et ses amis pour passer avec eux les soirées. L'homme studieux a recours à ses livres; le laboureur prépare ses instrumens d'agriculture. On achève de battre le blé, de teiller le chanvre, enfin

on met en ordre tout ce que l'on
a recueilli de la dernière récolte, et
l'on se dispose à profiter de la sui-
vante. Toi-même, quand tu as rem-
pli tes devoirs, n'es-tu pas bien
aise de t'asseoir près du feu au milieu de nous, et d'entendre ce que
ton papa raconte de ses lectures,
et ce que ses amis disent de leurs
voyages. Il faut donc aimer l'hiver
pour le repos qu'il nous donne;
le printemps pour ses fleurs; l'été
pour ses moissons, l'automne pour
ses fruits. Il faut aimer toutes les
saisons, et reconnaître dans toutes
la sagesse et la bonté de Dieu. »

Les Jeux d'automne.

Chaque saison ramène à l'enfant de nouvelles distractions, de nouveaux jeux. En hiver, il fouette sa toupie dans les corridors de l'école, ou il va bâtir en plein air sa forteresse de neige. Au printemps, viennent les billes en agate, le jeu de clocher, le jeu de palet. En été, il saute à la corde sous les allées de charmille, et quand arrive l'automne, il a le jeu de barre, ou le cerf-volant. Henri avait plusieurs petits camarades qui venaient souvent le voir, et alors on se hâtait d'organiser une partie. S'il pleuvait,

la galerie couverte de la maison devenait leur refuge; s'il faisait beau,
on envahissait l'enclos et la prairie.
Mme Dumont se plaisait à suivre
son fils au milieu de ces heures de
distraction; car elle pensait que
s'il est un moyen d'observer utile-
ment le caractère et les disposi-
tions d'un enfant, c'est surtout en
le prenant au moment où, tout
entier livré au plaisir qui l'anime,
il se montre tel qu'il est, sans dé-
fiance et sans contrainte. Elle s'en
allait donc avec lui dans le verger,
et là, s'asseyant sous un arbre avec
son ouvrage, elle le voyait courir
avec ses camarades, et tenait compte
de toutes ses impressions. C'était

une vraie satisfaction pour elle de le voir si franchement gai et heureux, lancer la paume d'une main habile, ou atteindre à la course le but imposé. D'autres fois, quand le vent s'élevait, les enfans prenaient leur cerf-volant, et alors il eût fallu les voir suivre ses premiers mouvemens avec inquiétude, et puis s'enhardir et lâcher la corde, et puis pousser des cris de joie, quand leur cerf-volant s'élançait orgueilleusement au-dessus du château, la tête droite, et la queue flottante. Un tel spectacle devenait le sujet de plusieurs longues conversations, dans lesquelles chacun des petits acteurs se plaisait à raconter le vol hardi et les diverses évolutions du cerf-volant, jusqu'à ce qu'un beau jour la corde se rompît, et que le malheureux cerf- volant, emporté dans les airs, déchiré par le vent, s'en allât tomber piteusement dans une haie d'épines, ou au milieu d'un marais.

Mme Dumont observait, comme nous l'avons dit, attentivement ces jeux, et elle ne tarda pas à s'apercevoir que son fils y apportait parfois une certaine irritation de caractère qu'elle ne pouvait tolérer. Ainsi il supportait difficilement la moindre contrariété. Si une contestation s'élevait entre lui et ses camarades, il fallait qu'il eût raison, et si l'on proposait un jeu, il n'ac-

ceptait jamais que celui où il pouvait se montrer le plus fort ou le
plus habile. Mme Dumont, après
avoir analysé tous ces petits défauts,
résolut de les corriger chaque fois
que l'occasion s'en présenterait. Un
jour, les enfans s'amusaient à courir. C'était à qui devancerait l'autre,
à qui arriverait le premier au but.
Henri était en tête, mais un de ses
camarades le suivait de près, il allait
même l'atteindre et sans doute le
dépasser. Henri, pour conserver son
avantage, se retourne, se jette contre lui, le fait chanceler, et se re-
met à courir.

Mme Dumont avait vu cette scène,
et elle en fut affligée. Elle appela

Henri auprès d'elle, et lui dit :
« mon enfant, ce n'est pas bien, vous
voulez toujours être le premier et
le maître partout. Je veux bien qu'il
y ait de l'émulation entre vous et
vos camarades, mais point d'injus-
tice. Vous avez failli faire tomber
tout à l'heure cet enfant. Seriez-vous
donc bien-aise d'arriver au but, et
d'être cause qu'un de vos camarades tombât et se meurtrît le vi-
sage? Vous méritez d'être puni, mais
toute la punition que je vous im-
pose, c'est de voir jouer vos camarades et de ne pas prendre part à
leurs jeux. »

Henri se soumit sans mot dire,
car il sentait qu'il avait tort. Il s'as-

sit tranquillement à côté de sa mère, et regarda le jeu qui continuait; mais des larmes coulaient le long de ses joues. Au bout de quelques instans, Mme Dumont, touchée de sa résignation et de son repentir, fit approcher l'enfant qu'il avait rudoyé et dit à Henri : « demandez pardon à votre ami d'avoir été mauvais envers lui, et désormais tâchez d'être bon et juste envers tous. »

Henri tendit la main à son camarade, et le léger nuage qui était entre eux disparut complétement.

« Tenez, ajouta Mme Dumont, au lieu de vous fatiguer ainsi à courir, venez avec moi, je veux vous enseigner un jeu qui vous amusera. »

Elle les mena dans un hangar, et
leur montra une quantité de morceaux de bois de diverse forme et
de diverse grandeur. Il y en avait qui
formaient un plein cintre, d'autres
une colonnade, d'autres une poutre carrée, et en les combinant
ensemble, on pouvait élever une
maison, une tour, un château. M.me
Dumont leur indiqua en quelques
mots la manière d'employer ces ma-
tériaux, et les petits architectes se
mirent à l'œuvre. Ce fut une grande
joie pour eux de disposer leur plan
et de bâtir leurs murailles; car tous
travaillaient en commun et s'en-
tr'aidaient mutuellement. A celui-
ci, il fallait une marche d'escalier, à

celui-là une poutre transversale pour la fenêtre, à cet autre un chapiteau pour la porte, et les diverses pièces de l'édifice passaient de main en main, et l'escalier, la fenêtre, la porte s'achevaient insensiblement. Quand cette superbe construction fut terminée, quand on eut mis le bouquet au-dessus du toit, comme on le fait pour les maisons nouvellement bâties, les enfans s'arrêtèrent en silence devant leur œuvre et restèrent comme stupéfaits d'admiration. Ce qu'ils avaient construit, ce n'était rien moins qu'une grande ferme avec étable, cour et jardin. Au milieu d'une enceinte de murs, on voyait une vaste grange avec une

grande porte au milieu pour laisser
entrer les récoltes. A côté s'élevait la
demeure du fermier, avec une porte
et deux fenêtres de face, et non loin
de là on apercevait la maison de
maître avec un beau perron au
milieu et deux ailes de chaque côté.
Les enfans ne se lassaient pas de
contempler l'ensemble d'un tel édifice, et Henri, courant auprès de sa
mère : « viens donc voir, lui dit-il,
la belle habitation que nous avons
bâtie. Voilà ce qu'a fait Auguste,
ceci c'est Jules qui en a eu l'idée,
et cela, nous le devons à Prosper. »

— « A la bonne heure, s'écria
sa mère avec joie, c'est ainsi que
j'aime à te voir rendre justice à tes

camarades. Elle l'embrassa, l'engagea à continuer, et Henri finit par se trouver plus heureux de ces distractions paisibles que des jeux bruyans auxquels il se livrait auparavant.

Castor.

Un soir Mme Dumont revenait de se promener avec son mari et son fils, lorsqu'auprès du petit bois voisin de leur demeure, ils entendirent des cris plaintifs, et au même instant un pauvre chien s'avança à leur rencontre, hurlant et traînant la patte. De méchantes gens lui

avaient sans doute jeté des pierres,
et l'avaient assez grièvement blessé.
C'était un chien barbet, tout jeune
encore. La pauvre bête vint se mettre à côté de Henri, en le cares-
sant avec sa tête, et en le regardant
d'un air triste, elle semblait implo-
rer son secours. Henri se sentit tou-
ché de la voir, et, comme il faisait
toujours en pareil cas, il en appela
à sa mère.

— « Tiens, maman, dit-il, ne
pourrions-nous emmener ce chien
avec nous, et tâcher de le guérir?
Regarde comme il souffre! Comme
il a de la peine à marcher! »

— « Oui, mon enfant, dit Mme
Dumont, j'aime à te voir ainsi pren-

dre pitié de cette pauvre bête. Celui qui peut se plaire à voir souffrir les animaux, annonce un mauvais cœur, et les hommes ne devraient pas s'y fier. Mais il faut songer que ce chien ne nous appartient pas, et que peut-être son maître le cherche. »

—« C'est vrai, dit Henri, mais nous pourrions toujours l'emmener, et si nous apprenons à qui il appartient, nous le rendrons. »

—« Soit, répondit M.me Dumont, j'y consens. »

Henri la remercia, puis passa sa main sur le cou du chien, comme pour lui faire connaître la décision qui venait d'être prise, et le chien parut le comprendre; car il se dressa sur ses pattes de derrière, et lui lécha les mains, en remuant la queue, comme pour le remercier.

Dès que l'on fut arrivé à la maison, Henri se hâta de préparer un asile à son chien. Il lui arrangea lui-même une petite litière au fond de la grange, appela un domestique pour lui bander la jambe, et ne le quitta qu'après lui avoir bien donné à boire et à manger.

Le lendemain au matin il courut le voir. Le chien était frais et dispos, et fit mille gambades de joie en l'apercevant. Dès ce moment, il s'attacha à son jeune bienfaiteur et le suivit partout. Il obéissait à sa voix, à ses signes, il jouait avec lui, et se laissait rouler par terre, et lorsque parfois, dans un moment de vivacité, il arrivait à Henri de lui faire mal, la pauvre bête poussait un léger gémissement et lui léchait les mains. Henri avait grande peur qu'on ne vînt un jour à le réclamer, mais le propriétaire ayant appris comme il en avait pris soin, vint un jour le voir et lui en fit cadeau.

Henri apprit alors que le chien s'appelait Castor, et dès qu'il prononçait ce nom, l'animal levait la tête et accourait à lui.

Un jour, en jouant dans le verger, Henri laissa tomber au beau milieu de l'étang une jolie petite paume à

laquelle il tenait beaucoup, car c'é-
tait sa tante elle-même qui la lui
avait faite, avec de la gomme, de la
laine bien choisie, et l'avait entourée
d'un réseau de soie bleue et rouge.
Oh, ma jolie paume! s'écria-t-il,
qui me la rendra? Et il la regardait
flotter sur l'eau, et il pleurait. Aucune perche n'était assez grande
pour y atteindre, et l'étang était
trop profond pour qu'un homme
voulût aller la chercher. Mais Castor était là qui écoutait les cris de
son maître, et qui, devinant le mo-
tif de sa tristesse, s'élança dans
l'eau, nageant le long de l'étang, et
prenant la paume entre ses dents,
vint la déposer aux pieds de Henri.

Je vous laisse à imaginer la joie de Henri, quand il se retrouva ainsi en possession du cadeau de sa tante, et qu'il reconnut la sagacité de Castor.

— « Tu vois, lui dit sa mère, qu'aucune bonne action dans le monde ne reste sans fruit. Tu as porté secours à ce chien, et le voilà qui, aujourd'hui, s'en va chercher ce que tu as perdu. L'homme méchant doit craindre tout le monde; l'homme généreux doit s'attendre sans cesse à recueillir tôt ou tard le prix d'un bienfait. La reconnaissance des animaux pourrait nous servir d'exemple. Ils se souviennent de ceux qui les ont soutenus, souvenons-nous aussi de ceux qui ont été bons envers nous.

SUITE.

Le soir, quand la famille se trouva rassemblée auprès du feu, la conversation tomba sur l'événement du matin, et Henri ne se lassait pas de vanter la hardiesse et le dévouement de Castor.

— « C'est une chose curieuse, lui dit son père, que d'étudier les divers instincts et l'aptitude des animaux. Quand tu seras grand, recueille dans les livres de science les observations des autres, et observe toi-même; tu verras comme l'œuvre de la création est immense et variée. Il y a des animaux qui pourraient faire honte à l'homme par leur patience et leur intelligence. Il y en a qui profitent de tout ce qui se passe autour d'eux. Ainsi le singe imite nos mouvemens. Le perroquet s'efforce de parler. Le serin répète l'air de musique qu'il a entendu chanter. La marmote obéit à la voix du petit Savoyard qui l'amène dans nos pays et danse en s'appuyant sur un bâton. L'ours lui-même, cet animal si lourd qui au premier abord nous effraye, retient la leçon que son maître lui a faite, se lève sur ses pattes de derrière et danse pour attirer les passans. N'as-tu pas vu dans le petit livre que ta marraine t'a donné au jour de l'an, une suite nombreuse d'animaux de toute espèce? Chacun d'eux est d'une nature particulière et donne lieu à d'intéressantes observations. Mais de toutes ces diverses races d'êtres qui peuplent la terre que nous habitons, les airs et les eaux, aucun animal n'est plus attaché à l'homme que le chien, il n'en est aucun qui réunisse plus de dévouement envers ceux qui l'ont nourri et plus de sagacité. On a vu des chiens s'élancer au milieu des flots de la mer pour chercher à sauver leur maître; on en a vu retrouver après plusieurs jours les traces de leur maître, et reconnaître en les flairant les habits qu'il avait portés. Le chien ne s'attache pas seulement au riche qui peut lui donner un asile dans sa maison, une bonne nourriture; il est le gardien assidu de la ferme, le compagnon fidèle du pauvre et du malheureux. Regarde cet aveugle qui s'en vient quelquefois dans notre village demander l'aumône, c'est un chien qui le guide, qui le mène de porte en porte, qui s'arrête quand il s'arrête et marche quand il faut marcher. Son instinct l'avertit que son maître ne peut se hasarder le long des grandes routes qu'avec précaution et il va lentement et ne le mène ni contre les haies, ni contre les voitures. Regarde aussi le berger qui chaque matin conduit nos moutons au pâturage. Il ne pourrait à lui seul garder ce troupeau, qui souvent se disperse à travers les broussailles et les rochers; mais il a un chien qui au moindre signal court, jappe, s'en va chercher la brebis qui s'éloigne et la ramène auprès des autres. Le soir quand le troupeau rentre, le berger marche derrière, et c'est le chien qui va de côté et d'autre pour faire avancer chaque mouton et l'empêcher de s'écarter. L'aveugle et le berger n'ont souvent qu'un mauvais morceau de pain noir à donner à leur chien, et cependant il leur reste fidèle, et ne les en aime pas moins.

« Une autre race de chiens non moins intéressante à voir, est celle que l'on trouve au couvent du mont S. Bernard. Tu sais, mon enfant, que cette montagne est toute l'année couverte de neige et de glace. On ne peut s'y aventurer qu'avec des guides, car bien souvent on ne distingue aucune trace de chemin, et bien souvent encore, quand les voyageurs sont là, un coup de vent ébranle une masse de neige que l'on appelle une avalanche. Cette avalanche roule au bas de la montagne avec un fracas horrible et engloutit les voyageurs. Au-dessus de cette route si dangereuse, des êtres bien-faisans ont fondé une maison qui sert de refuge aux voyageurs malades ou fatigués. Des religieux qui dévouent leur vie à cette bonne œuvre, sont là pour recevoir ceux qui arrivent, et leur donnent les secours dont ils ont besoin. Quand il est survenu un orage, et que l'on craint que des voyageurs n'aient été engloutis par l'avalanche, ces religieux partent et s'en vont avec de longues piques chercher sous la neige des victimes. Il ont avec eux des chiens qui flairent le long du chemin et découvrent ainsi les malheureux cachés sous la neige. Alors on les retire de ce tombeau de glace,

on les porte au couvent, et quelquefois à force de soins on par-
vient encore à les rappeler à la vie.

—« Je suis bien de ton avis, dit
Henri. Il y a des animaux que j'aime beaucoup, témoin Castor; mais
il y en a d'autres qui ne font que
nuire, ou qui sont d'une nature
perfide, qu'on ne peut aimer; tiens
par exemple le chat, qui roule là-
bas ses grands yeux verts, au moment où je m'y attendais le moins,
où je le caressais très-doucement,
il me donnait un coup de griffe. »

—« Aucune parcelle de la création n'est de trop dans ce monde,
répondit M. Dumont. Si notre science
était moins bornée, nous rendrions

plus souvént hommage à la bonté
de Dieu. C'est souvent faute de comprendre le but d'une foule de choses que nous les jugeons inutiles
ou dangereuses. Tu parles du chat.
Eh bien! c'est un animal précieux,
qui détruit les souris non-seulement dans la maison, mais encore
dans les champs, et puisque nous
en sommes sur ce sujet, je veux te
raconter une vieille histoire qui
m'intéressait beaucoup quand j'étais enfant. »

Le Chat de Wittington.

« Il y avait autrefois un pauvre petit jeune homme, employé comme garçon de boutique dans une maison de commerce de Londres, et qui logeait dans un grenier où toute la nuit les souris venaient le tourmenter. Une vieille femme, touchée de ses tribulations, lui fit cadeau d'un chat, et dès ce moment le malheureux, délivré des souris, put au moins dormir en paix. Quelque temps après, son maître équipa un vaisseau pour les Indes. C'était l'usage que dans les maisons de commerce, quand le patron faisait partir un bâtiment, chacun de ses employés vînt offrir un présent à ceux, qui allaient s'embarquer. Tout le monde avait déjà payé son tribut. Le pauvre Wittington n'avait rien au monde que son chat. Il lui en coûtait de s'en séparer. Cependant il s'y résigna et le remit en pleurant au capitaine du vaisseau. »

Le navire part et arrive dans une île éloignée, dont je ne me rappelle plus le nom. Les habitans du pays avaient beaucoup d'or et d'argent. Le roi invite le capitaine à dîner, et toute la table est servie en magnifique vaisselle. Mais au moment où l'on découvre les plats, voilà qu'une quantité de souris s'élance sur la

FIN DU TOME QUATRIÈME.